LE MIROIR
DU PECHEUR.

Histoire du mauvais Riche.

VEnez, Chrétiens, venez voir un pecheur infâme,
Qui s'en va expirer, & rendre sa pauvre ame.
Voyez comme le Diable attend ce criminel,
Parce que ce miserable meurt en peché mortel.
Ce pauvre malheureux, quand il estoit au monde,
Rioit dés loix de Dieu, ses pechés le confondent,

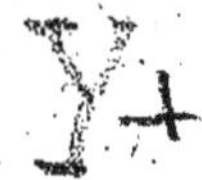

Ses maudites malices, toute ses vanités,
Cauferont fon fupplice pendant l'éternité.
    Dans ce dernier aflaut il n'a aucun refuge :
Car s'il regarde en haut, il y verra fon Juge
Prônoncer fa Sentence & condamnation,
Pour toutes fes offenfes, ah qu'elle affliction !
    Ce pauvre moribond, de quel côté qu'il tourne,
Il ne voit que démons qui au Jugement l'ajournent,
Le Diable plein d'envie, montre à ce criminel
Le Livre de fa vie, plein de pechés mortels.
    Ce pauvre malheureux, dans ce trifte mélange,
Delaiffé du bon Dieu, aperçoit fon bon Ange ;
Aprés de grands reproches, l'abandonne au démon.

Pecheur dur comme rocher, vois ces afflictions.
  Je t'ai tant inspiré, lui dit lors son bon Ange,
Afin de te sauver, mais par ta vie étrange,
Te voila miserable, l'esclave du démon:
Va t en, abominable, n'y a plus de pardon.
  Voyez dedans ce feu, voyez dans cet abîme
Ce pauvre malheureux, pour expier ses crimes.
Mais, Chrétiens, sans demeure regardez dans ce lieu,
Un autre homme qui meurt en la grace de Dieu.
  Pour avoir toujours mis en Dieu son espérance,
Cet homme que voici, reçoit sa recompense,
Voyez comme il embrasse l'image du Crucifix,
Dieu nous fasse la grace de mourir comme lui.

Ce bienheureux Chrétien voit Jesus & la Vierge,
Et son Ange Gardien, qui lui sert de Concierge,
Cet Esprit Angelique represente au bon Dieu
Les pieuses pratiques de ce Chretien heureux,
  Notre Seigneur Jesus l'appelle à son Royaume,
Pour avoir bien vecu. Voila, voila cet homme
Qui jouit de la gloire de son Dieu à jamais;
Nous l'aurons, il faut croire, si nous vivons en paix.
  Qu'un Chrétien est heureux, de bien vivre en ce
            monde,
Et d'adorer son Dieu d'humilité profonde,
Car pour sa recompense, à l'heure de la mort
Jesus plein de clemence sera son reconfort.

CANTIQUE DE L'ENFANT PRODIGUE.

Sur l'air, *Un jour le Berger Tircis*

JE suis enfin resolu
D'estre en mes mœurs absolu,
Donnez-moi vite, mon pere,
Ce qui revient à ma part ;
Vous aurez mon autre frere,
Consentez à mon depart.

Pourquoi veux-tu, mon enfant
Faire ce que Dieu défend !
Veux tu desoler mon ame ?
Nos parens & nos amis,
Je serois digne de blâme,
Si je te l'avois permis.

Je veux en dépit de tous
M'éloigner d'auprès de vous,
En vain vous faites la guerre
A ma propre volonté,
Je ne crains ni ciel ni terre,
Je veux vivre en liberté.

Mais helas ! quelle raison
Te fait quitter la maison ?
Ne suis-je pas un bon pere ?
De quoi te plains tu de moi ?
& qu'est ce que je puis faire,
Que je ne fasse pour toi ?

Vous m'exhortez, il est vrai,
Mais je veux vivre en cadet,
Vous condamnez à toute heure
Le moindre dereglement,
Je veux changer de demeure,
Sans retarder d'un moment.

Adieu donc, cœur obstiné,
Adieu, pauvre infortuné.
Ton égarement me tue,
J'en suis accablé d'ennuis,
Je vois ton ame perdue,
Et ne sais plus où j'en suis.

Venez à moi, libertins,
Prenez part à mes festins,
Venez à moi, chers lubriques,
Consumons nos cours momens
Dans les infâmes pratiques
Des plus noirs debordemens.

Pensons à boire & manger ;
Dans ce pais étranger
Je n'ai plus de peur d'un pere,
Qui me suivoit pas à pas,
Songeons à nous satisfaire
Dans les ordures & les ébats.

Contentons tous nos désirs,
En nageant dans nos plaisirs,
Et vivons de cette sorte,
Tant que l'argent durera :
Nous irons de porte en porte,
Sitôt qu'il nous manquera.

O, le triste changement,
Après un train si charmant :
Je ne vois plus à ma suite
Ceux qui me faisoient la cour,
Tout le monde a pris la fuite,
Pas un n'use de retour.

Je me trouve sans appui,
Dans la honte & dans l'ennui,
Ma conduite toute impure
M'a mis au rang des pourceaux,
Il est juste que j'endure
Autour de ces animaux

Je rougis de mes forfaits,
Et des crimes que j'ai faits,
Je fonds en pleurs, je soupire,
Je sens de cuisans remord,
Je souffre un cruel martire,
de cœur, d'esprit & de corps.

Je meurs même ici de faim,
Faute d'un morceau de pain,
Tandis que chez mon pere,
Où jamais rien ne defaut,
Le plus chetif mercenaire
En a plus qu'il ne lui faut.

Je voudrois bien me nourrir
Des fruits qu'on laisse pourir,
Je voudrois bien sous ce chêne,
Les restés de ces pourceaux,
Mais j'ai merité la peine
Qu'attirent les bons morceaux,

Je veux pourtant me lever,
Pour penser à me sauver :
Il est tems que je detourne
Mon cœur de l'iniquité,
Et qu'enfin je m'en retourne
Vers celui que j'ai quitté.

Voici, cher Pere, à genoux
Un fils indigne de vous,
Si vous daignez me permettre
D'entrer dans votre Palais,
Ce me sera trop que d'être
Comme un de vos Valets.

J'ai peché contre les Cieux,
Je n'ose lever les yeux,
J'ai peché contre vous même,
Je crains de vous regarder,
Ma douleur en est extrême,
Je suis prêt de m'amender.

Je me soumets de bon cœur
A votre juste rigueur,
Je ne veus plus vous deplaire,
Oubliez ce que fis,
Vous estes encore le pere
De ce miserable fils.

Cher enfant, embrasse moi,
Je brûle d'amour pour toi,
Mes entrailles sont émues
Et de ioie & de pitié,
Par ton retour tu remues
Tout ce que j'ai d'amitié.

Laquais, cherchez des souliers
Et les metrez à ses pieds,
Cherchez dans ma garderobe
Une bague pour son doigt,
Avec sa premiere robe,
Puisqu'il revient comme il doit.

Qu'on prépare le veau gras,
J'ai mon fils entre mes bras,
Il avoit perdu la vie,
mais il est ressuscité,
Chers amis, je vous conuie
A cette solemnité.

C'est ainsi que le Seigneur
Reçoit le pauvre pecheur,
Il l'embrasse, il le console,
Il l'aime plus que jamais,
Et d'une simple parole
Il remplit tous ses souhaits.

Fais donc, pecheur par amour
Vers Dieu ce parfait retour.
Tu recouvreras la grace,
Et les dons du saint Esprit,
L'ennemi rendra la place,
De ton cœur à Jesus-Christ.

Tes merites suspendus
Te seront soudain rendus,
Ta paix en sera parfaite,
La terre t'en benira,
Le ciel en fera feste,
Et l'Enfer en fremira.   FIN

Cantique de l'Innocence reconnue de sainte Genevieve.

APprochez-vous , honorable assistance ,
Pour entendre reciter en ce lieu
L'Innocence reconnue & patience ,
De Genevieve très-aimée de Dieu ,
Etant Comtesse de grande noblesse ,
Née de Brabant étoit assurément.

Genevieve fut nommée au baptême ,
Ses pere & mere l'aimoient tendrement ,
La solitude prenoit d'elle-même ,
Donnant son cœur au Sauveur tout-puissant ,
Son grand mérite fit qu'à la suite
Dès dix-huit ans fut mariée richement.

En peu de tems s'éleva grandes guerres ,
Son mari Seigneur du Palatinat ,
Fut obligé pour son honneur & gloire ,
De quitter la Comtesse en cet état ,
Etant enceinte d'un mois sans feinte ,
Fit ses adieux , ayant les larmes aux yeux.

Il a laissé son aimable Comtesse
Entre les mains d'un méchant Intendant ,
Qui la vouloit seduire par finesse ,
Et l'honneur lui ravir semblablement :
Mais cette Dame pleine de charmes
N'y voulut pas consentir nullement.

Ce malheureux accusa sa Maîtresse
D'avoir peché avec son Ecuyer ,
Un Serviteur fit mourir par adresse ,
Et la Comtesse fut emprisonnée ,
Chose assurée , est accouché
Dans la prison d'un beau petit garçon.

Le tems fini de toute cette guerre ,
Ce Seigneur s'en revint dans son pais ,
Golo s'en fut audevant de son Maistre
Jusqu'à Strasbourg accomplir son desir ,
Ce témeraire lui fit accroire
Que sa femme adultere avoit commis.

Etant troublé de chagrin en son ame ,
Il enchargea Golo , ce tiran ,
D'aller au plûtôt faire tuer la Dame ,

Et maffacrer fon petit innocent :
Ce mechant traiftre quittant fon Maiftre,
va d'un grand cœur exercer fa fureur.
    Ce boureau de Genevieve fi tendre
La depouilla de fes habillemens,
De vieux haillons la fit vétir, & prendre
Par deux valets fort rudes & très puiffans,
L'ont emmenée bien defolé
Dans la Foreft avec fon cher enfant.
    Genevieve approchant du fupplice,
Dit à ces deux valets tout en pleurant,
Si vous voulez bien me rendre fervice,
Faites moi mourir avant mon cher enfant,
Et fans remife je fuis foumife
A votre volonté prefentement.
    La regardant, un dit : Qu'allons-nous faire?
Quoi ! un maffacre, je n'en ferai rien,
Faire mourir notre bonne maiftreffe,
Peutêtre un jour elle nous fera t du bien :
Sauvez vous, Dame pleine de charmes,
Dans ces forefts, qu'on ne vous voïe jamais.
    Au fond d'un bois dedans une cariere
Genevieve demeura pauvrement,
Etant fans pain, fans feu & fans lumiere.
Ni compagnie que de fon cher enfant,
Mais l'affiftance qui la fubftante,
C'eft le bon Dieu qui la garde en ce lieu.
    Elle fut vifitée d'une pauvre biche,
Qui tous les jours allaitoit fon enfant,
Les oifeaux chantent & la rejouiffent,
L'acoutument à leur aimable chant,
Les beftes farouches près d'elles fe couchent
La divertiffent elle & fon cher enfant.
    Voici fon mari qui eft en grande peine
Dans fon chafteau confolé par Golo,
Ce n'eft que jeux, & feftins qu'on y mene,
Tous ces plaifirs font mal à propos,
Car dans fon ame fa chere Dame
Pleure fans fin avec un grand chagrin.
    Jefus Chrift a decouvert l'innocence
De Genevieve par fa grande bonté,
Chaffant dans la foreft en diligence,
Le Comte des chaffeurs s'eft écarté

près la biche, qui eſt la nourice
e ſon enfant, qu'elle allaitoit ſouvent.
La pauvre biche s'enfuit au plus vite
edans la grotte auprès de l'innocent :
e Comte auſſitôt faiſant la pourſuite
pour la tirer de ce lieu promptement,
it la figure d'une creature,
ui eſtoit nue auprès de ſon enfant.
Appercevant dans ſa demeure obſcure
ette femme couverte de cheveux,
ui demanda : Qui eſtes-vous, creature ?
Que faites-vous dans ce lieu tenebreux ?
Ma chere amie, je vous en prie,
Dites-moi donc, s'il vous plait, votre nom.
Genevieve eſt mon nom d'aſſuarnce,
Née de Brabant, où ſont tous mes parens.
Un grand Seigneur m'épouſa ſans doutance,
Dans ſon pays m'emmena promptement,
e ſuis Comteſſe de grande nobleſſe,
Mais mon mari fait de moi grand mépris.
Il m'a laiſſée étant d'un mois enceinte,
Entre les mains d'un mechant Intendant,
Qui a voulu me ſeduire par contrainte,
& me faire mourir ſemblablement,
De rage felonie dit à deux hommes,
De me tuer moi & mon cher enfant.
Le Comte ému reconnoiſſant ſa femme
Dedans ce lieu, la regarde en pleurant :
Quoi eſt ce vous, Genevieve, chere Dame,
Que je pleure il y a ſi long tems ?
Mon Dieu, quel grace dans cette place
De rencontrer ma très-chere moitié.
Ah que de joie, au ſon de la trompete
Voici venir la chaſſe & les chaſſeurs,
qui rencontrent le Comte, je proteſte,
A ſes côtés ſa femme & ſon cœur,
l'enfant, la biche les chiens cheriſſent,
Les Serviteurs rendent grace au Seigneur.
Ce grand Seigneur pour punir l'inſolence
& la perfidie du traiſtre Golo,
Le fit juger par très-juſte ſentence
D'être écorché vif par les bourreaux,
A la voirie, l'on certifie,
on cadave fut jetté par morceaux,   FIN

CANTIQUE SUR LA VIE
de Saint JULIEN l'Hospitalier.
Sur l'air, *Cedez tambours à ma musette.*

COnsiderez la pénitence,
Et la grande perseverance
De saint Julien l'Hospitalier,
Son histoire est très-remarquable
Aussi estoit-il allié
A des gens bien condetables.

Un jour qu'il étoit à la chasse,
& qu'il poursuivoit à la trace
Un cerf enfoncé dans un bois,
Qui lui dit d'un ton for severe :
Je suis donc poursuivi par toi,
Qui tueras ton pere & ta mere.

Son ame fut toute saisie
d'entendre cette prophetie
Annoncée par un animal.
Voulant donc éviter ce crime,
il quitte son pays natal,
pour qui il avoit tant d'estime.

En s'en allant de ville en ville,
Son humeur affable & gentille
e fit aimer d'un grand Seigneur,
qui lui fit prendre en mariage
Une Dame pleine d'honneur,
Qui estoit extrement sage.

Son pere & sa mere en tristesse
d'estre privé de la tendresse
du bon Julien leur tres-cher fils,
Entreprirent avec un grand zele
d'aller de pays en pays,
pour en apprendre des nouvelles,

Ils vinrent au château de la dame
qui fut bien joyeuse en sou ame,
de connoistre ces bonnes gens,
& puis les fit coucher ensuite
dans son lit fort honestement.
Faisant voir sa bonne conduire.

Le lendemain la matinée
Julien s'étant acheminé
de la campagne à son logis,
crut que c'estoit un adultere
que l'on commettoit dans son lit
les tua tous deux par colere.

Qui peut douter de sa surprise
de voir revenir de l'Eglise
sa femme avec devotion,
qui le met dans l'impatience
d'apprendre de son action
ce qui est en sa connoissance.

Qui est cet homme je vous prie
Et cette femme endormie
dans notre lit tranquillement,
D'abord j'ai trouvé cela rude,
declarez le moi promptement,
pour m'ôter hors d'inquietude.
Je veus vous tirer hors de peine
& vous dire la chose est certaine
pour complaire á votre desir,
c'est votre pere & votre mere,
qui avec un grand deplaisir
vous cherchent par mer & par
terre.

Peu falut qu'il ne rendit l'ame
d'entendre ainsi parler sa femme
Reflechissant sur son malheür,
en se faisant mille reproches
d'avoir fait agir sn fureur
envers ses pârens les plus proche

Helas, que je suis miserable,
disoit il d'un ton lamentable,
Mon Dieu, ayez pitié de moi,
car j'ai à present en memoire
qu'un Cerf a predit autrefois

Que je ferois cette action noire.
Or adieu, ma chere femme,
ma chere sœur, ma chere ame,
Je ne reposerai jamais,
Que je n'aye par la penitence
du parricide que j'ai fait,
une entiere & pleine indu'gence.

Non non, dit cette femme forte,
Cela n'ira pas de la sorte,
Je ne puis vous abandonner,
Si j'ai esté dans l'abondance,
Je veus bien vous accompagner
dans les peines & dans les souf-
frances.

Ayant avec beaucuup de peine
Passé les forèts & les plaines,
Firent bâtir une maison
dessus le bord d'une riviere,
pour loger en toute saison
d'une charitable maniere.

Puis firent faire une nacelle,
pour passer avec un grand zele
les pauvres pour l'amour de Dieu
car les eaux estoient si rapides,
que plusieurs persones en ce lieu
s'y noyoient par faute de guide.

Un jour dedans les fondrieres,
que le tems estoit fort en colere,
à minuit comme il reposoit,
il entendit sur le rivage
un pauvre qui se lamentoit,

Et qui demandoit le passage.
Le vent faisoit telle tempête,
que sa timidité l'arrête
de répondre á ce pelerin;
Mais sa femme le sollicite,
lui disant: pour l'amour de Dieu
allez le passer au plus vite.

L'ayant préservé du naufrage,
la compassion les engage
à le très-bien faire chauffer,
quoiqu'il parut desagreable,
avec eux le firent coucher
d'une façon très-charitable.

Mais celui qui sous la figure
du plus mal-fait de la nature,
Etoit entré dedans ce lieu,
leur fit voir que c'étoit un Ange
Envoyé de la part de Dieu,
pour les combler de ses louanges.

D'une façon doûce & traitable
Dit à Julien le charitable,
Que son peché étoit remis,
pour avoir selon sa puissance
reçu les pauvres en son logis,
Dieu lui pardonne son offense.

Il lui dit aussi que sa femme,
qui bruloit de la même flamme
de ce beau feu de charité,
seroit avec lui dans la gloire
durant toute l'éternité,   re.
Chrétiens, honorons leur memoi-

CANTIQUE DE S. ALEXIS.

Sur l'air, *Que de tristesse.*

Chrétiens qui vous plaisez
D'avoir de beaux portraits,
Ecoutez, je veus prie,
De Dieu l'original,
D'Alexis la copie
De son riche travail.

Alexis estant grand,

Pour plaire à ses parens,
Consent au mariage,
Ne pouvant l'éviter;
On commence les Noces,
On le fait épouser.

Le soir après souper,
Qu'il faut se reposer,

Vraî Dieu, quelle merveille,
Prend la resolution
De quitter son Epouse,
Pour suivre l'Oraison.

Son dessein étant fait,
va dans son cabinet,
il prend une ceinture
& une bague d'or.
la donne á son Epouse,
& il s'en fut d'abord.

Illustre conquerant,
il va toujours cherchant
quelque barque ou navire
qui voulut l'emmener
bien loin de sa patrie,
pour fuir le danger.

Notre Saint embarqué
A Edesse est allé
tant par mer que par terre,
& bien d'autres pays,
faisant beaucoup d'aumônes
aux pauvres ses amis.

Sa sainteté brilloit,
tout le monde accouroit :
il vouloit vaincre encore
tous ces vains honneurs,
pour cet effet s'embarque,
à Rome vient vainqueür.

Etant à Rome arrivé,
son pere a rencontré,
lui demanda l'aumône,
un coin de son logis :
Eufemien lui donne,
sans connoistre son fils.

Dix sept ans a resté
sous de tristes degrés,
Alexis est bien aise
de se voir maltraité
des valets de son pere,
sans l'avoir merité.

Son Epouse souvent
lui passe pardevent,
sans pouvoir le connoistre,

tant il estoit defait,
en disant : Alexis,
Je ne vous ai rien fait.

Qu'avez vous vu en moi,
qui vous a obligé
de me quitter par feinte,
pourquoi m'épousiez vous,
si vous aviez la crainte
d'estre mon cher Epoux.

Alexis dans son cœur
entendit ces douleurs,
disant : Je suis la cause
des peines & des tourmens
que mon Epouse souffre,
Aussi tous mes parens.

N'importe, il faut souffrir,
plutôt que de subir,
La rigueur & les peines
Ne font que pour un tems,
Il faut donc que je souffre,
Pour estre triomphant.

Mais Dieu par sa bonté
le voulut consoler,
lui inspira d'écrire
son Nom á ses parens,
puis après rendit l'ame
au Sauveur tout puissant.

Alexis étant mort,
on entendit d'abord
une voix dans saint Pierre,
qui crie hautement :
Chez Eufemien repose
le Corps d'un innocent.

Le Pape fut averti,
& l'Empereur aussi,
Ils vinrent tous ensemble,
se prosternent humblement,
le Billet lui demandent,
& aussitôt leur rend.

Le Chancelier le lit,
En peu de mots il dit,
Alexis je m'appelle,
Fils de cette maison,

on pere, auffi ma mere,
mon Epoufe y font.
Le pere étant prefent,
vanouit fur le champ,
mere eft avertie
ce trifte accident,
ec fa belle fille
nrent femblablement.
Vrai Dieu, qui pouroit voir
es femmes fans pleurer,

Vous euffiez vu la mere
S'arrachant les cheveux,
Son Epoufe fe jette
Sur ce Corps précieux.
Prions inceffamment
le Sauveur tout-puiffant
qu'il nous faffe la grace
d'eftre participans
de toutes les graces
qu'Alexis eut en mourant.

HISTOIRE du Transport miraculeux de Notre-Dame de Liesse.

APprochez-vous, Chrétiens fideles,
Venez entendre daus ce lieu
La foi, l'amour & le grand zele
Que trois Seigueurs eurent pour Dieu,
u combattant dans la Turquie les Indfieles,
urent tous trois & fans quartier faits prifonlers
On les mena en eiligence
Droit au Palais du fier Sultan,
Ce Roy impie leur fait défenfe
De croire à Jefus toutpuiffant,
En leur difant : Si vous voulez eftre des nôtres,
Je vous ferai tous Gouverneurs & grands Seigneurs
Sans s'étonner, avec prudence
s répondirent à ce difcours :
achez, Sultan, que vos défenfes
N'éteindront jamais notre amour,
Que nous avons pour Jefus-Chrift, ce Dieu fuprême,
Nous fouffrirons tous vos efforts, jufqu'à la mort.
Ce Monarque plein de furie
Les fit conduire dans la prifon,
On les enchaine, & on les lie,
Pour nourriture de 'leau, du fon,
Les menaçant dans peu de jours de mort funefte,
Et de fouffrir cruellement mille toutmens-
Sans s'efrayer de la torture.
Les trois freres la joie au cœur,

Dans un cachot & sans murmure
Offroient leurs peines au Createur,
Suppliant la Vierge Marie d'être propice
Dans toutes leurs afflictions & tribulations.

Le Sultan avoit une fille
plus belle que l'astre du jour,
laquelle se rendit très facile,
pour apporter un prompt secours
aux trois Chevaliers de renom dans leur misere,
leur aportant des alimens secretement.

Cette Dame des plus gracieuses
passoit deux heures de la journée,
qu'elle trouvoit très prétieuses,
car telle estoit sa destinée,
au grillage des prisoniers, cette Princesse
faisoit son plus noble entretien sur les Chrétiens.

Dieu qui opere en toutes choses,
veut bien permettre dans ce moment
que des barbares sorte une Rose,
pour la placer au firmament :
Ismerie étoit son nom, d'un grand merite,
qui a passé de la Turquie en Picardie.

Son pere impie rempli de rage,
en voyant qu'il ne gagnoit rien,
Ne pouvant avoir l'avantage
pour surmonter ces trois Chrétiens,
pretend qu'on les fasse mourir de mort affreuse,
mais la Princesse par son credit agit d'esprit.

Elle fut trouver en diligence
ces trois Seigneurs dans leur prison,
en leur disant : Prêtez silence
à mes bonnes & justes raisons
& dites-moi la verité d'un cœur sincere,
puis je à votre sainte Loi ajouter foi.

Ah quel bonheur pour nous, Princesse,
si nous pouvions vous persuader
que Jésus Christ plein de tendresse
a bien voulu nous rachetter,
il a porté tous nos pechés sur le Calvaire,
où les Juifs pleins de cruauté l'ont crucifié.

Ce doux Sauveur quitta sa gloire,
pour descendre dans ces lieux bas,

nfi que raporte l'Histoire,
eſtoit le vrai Fils de Dieu,
a reſté trente-trois ans deſſus la terre ;
ur nous apprendre ſa ſainte loi, tout Chrétien croit
Une Vierge en ſut la Mere,
ue nous prions actuellement,
eine du ciel & de la terre,
i nous conſole dans nos tourmens,
eſt le refuge des pecheurs noble Princeſſe,
ous mettons ſous ſa protection nos afflictions.
Toute ravie de ce langage,
ur dit : Meſſieurs voila du bois,
uriez-vous me faire une image
e la Mere du Roi des Rois,
vous me faites ce portrait, je ſuis des vôtres,
us ſortirez de la priſon, nous partirons.
Ils entreprennent avec courage
e ſatisfaire à ſes deſirs,
rendent à Dieu tous leurs hommages,
priant de les ſecourir,
vitant la Vierge Marie à ce chef-d'œuvre,
travailler à ſon portrait le plus parfait.
En commençant ils s'endormirent
endant le reſte de la nuit,
ut bon Chrétien ici admire,
ar la puiſſance de Jeſus-Chriſt,
ette Image ſe trouva faite, tous trois l'adorent,
emerciant Dieu du fond du cœur de ſes faveurs.
Iſmerie en diligence
tranſporta à la priſon,
urſvoir ſi l'Ouvrage s'avance
es trois Chevaliers de renom,
n le voyant fait & parfai, , elle ſe proſterne,
le eſt Chrétienne dans le cœur, ah quel bonheur.
Sur le minuit d'un pas habile
rouva le moyen d'accomplir
n deſſein quoique difficile,
mit en danger de mourir,
uvre les portes des cachots avec viteſſe,
s cherchent un lieu pour s'embarquer deſſus la mer.
Un jeune homme rempli de zele
ur dit : Meſſieurs embarquons-nous,

Entrez tous quatre dans ma nacelle,
Devant Dieu je réponds de vous,
à deux heures devant le jour vous serez à terre,
dedans un lieu de sureté, en verité.

Sans craindre les vents ni l'orage,
ils s'embarquerent dans le moment,
N'eurent point peur de faire naufrage,
& naviguerent fort hardiment,
se mettant sous la protection de Dieu, la Vierge,
ils arriverent à bon port à l'autre bord.

Fort fatigues ils s'endormirent
pendant le reste de la nuit,
que tout Chrétien ici admire,
l'un d'eux entendit un grand bruit,
il s'éveilla tout en sursaut, & vit un homme,
lequel y gardoit son troupeau près d'un hameau.

Il court après avec vitesse,
en lui disant : Mon cher ami,
voudrois-tu bien par politesse
tirer mon cœur d'un grand souci,
de me dire qui est le nom de la Province,
où j'aperçois certainement tant d'agrément.

Monsieur, votre physionomie
merite beaucoup d'attention,
vous estes ici en Picardie,
mais avec votre permission,
vous ne m'estes pas inconnu, chose certaine,
vous vous nommiez en bon françois Sieur de Marchais

Ah . que de joye dans la Province,
de posseder ce beau trésor,
Ismerie fille d'un grand Prince,
reçut le Baptême d'abord,
on fit bâtir dans ce saint lieu une Chapelle,
où des miracles très évidens y sont frequens.

Chrétiens, mettons notre confiance
à Jesus & la Vierge Marie,
ayons toujours bonne esperance
pendant le cours de notre vie,
que leur puissante protection nous sera propice,
on les ayant pour nos supports jusqu'à la mort. FIN

A TROYES, chez la Veuve Pierre Garnier
Avec Permission.